AF322464

V

Cabinet de M. Alfred BAUDRY

FAIENCES, PORCELAINES, TERRES CUITES

Ivoires, Armes & Bronzes

VENTE
LE
20 NOVEMBRE
1884
ROUEN

VENTE AUX ENCHÈRES PUBLIQUES

APRÈS DÉCÈS

DU

Cabinet de M. Alfred BAUDRY

COMPRENANT

MÉDAILLON LOUIS XV

En Faïence de Rouen. Sujet représentant une pastorale attribuée à GARNERAY,
avec cadre Louis XV en faïence dorée

REMARQUABLES PLATS A PERSONNAGES

EN FAIENCE POLYCHROME DE ROUEN

Ayant figuré aux Expositions rétrospectives du Trocadéro et de Rouen.
Ces plats sont signés de Claude BORNE

TRÈS-BEAU CHAUFFE-MAINS

Polychrome de décors rocaille. Daté de 1748

MAGNIFIQUE CARTEL LOUIS XV

En Faïence de Rouen. Style rocaille, avec mascaron entre deux dauphins;
le tout surmonté d'un sujet représentant la fuite en Egypte et couronné d'un
écusson avec chiffres

CURIEUX COMPOTIER A BORDS DENTELÉS

Avec sujet galant sur le fonds, portant la signature de Hilaire 1730

BUSTES DE MARC-ANTOINE & DE CLÉOPATRE

Remarquables Statuettes en ivoire représentant les Quatre Saisons

BRONZES INDOUS

Représentant la déesse Siva et le dieu Vichnou

DONT LA VENTE AURA LIEU

Le JEUDI 20 NOVEMBRE courant ET LE LENDEMAIN, s'il y a lieu

A une heure précise de l'après-midi

EN L'HOTEL, RUE DES CARMES, 88

LES COMMISSAIRES-PRISEURS	M. LEFRANÇOIS
DE	EXPERT
ROUEN	*Rue d'Amiens*, 46

CHEZ LESQUELS SE DISTRIBUENT LES CATALOGUES

EXPOSITION PUBLIQUE

Le Mercredi 19 Novembre courant, à une heure après midi

ROUEN — 1884

CONDITIONS DE LA VENTE

Elle sera faite au comptant.

Les Acquéreurs paieront DIX POUR CENT en sus des Adjudications, applicables aux frais.

L'Expert chargé de la Vente se réserve la faculté de réunir ou diviser les Lots; les tares et défauts seront annoncés à chaque mise en vente des Objets.

En cas de contestation sur une matière, l'Objet sera immédiatement remis en vente.

L'ordre numérique du Catalogue ne sera pas suivi à chaque vacation.

Aucun Objet ne sera retiré avant la Vente ou vendu à l'amiable.

FAIENCES DE ROUEN

Rouen. Grand et magnifique Plat rond, décor
polychrome à riche bordure de fleurs à réserves sur fond bleu. Au centre, un paysage cou-
vrant tout le fond, et représentant les Quatre
Saisons sous les figures du Temps, de Flore,
de Cérès et de Bacchus. Au-dessus, à gauche,
plane le char du Soleil, attelé de quatre
chevaux.

> Ce plat est d'une parfaite conservation et mesure
> 0m58 de diamètre; il est signé au revers : Borne,
> pinxit 1736.

Rouen. Grand et magnifique Plat rond, pendant
du précédent, à riches bordures variées de
bouquets de fleurs en réserves sur fond bleu.
Au centre, un paysage, garnissant tout le fond,
représente Vénus et Adonis. Signé au revers :
CB, pinxit 1736. Monogramme de Claude
Borne. Diam., 0m58.

> Ces deux superbes plats ont figuré aux Exposi-
> tions de Paris en 1878, et Rouen 1884.

Rouen. Petit Buste de Cléopâtre, à riche décor

mascaron entre deux Dauphins, a
représentant la Fuite en Egypte, et
de deux palmes supportant un écusso
Sur les côtés, des coquilles marines, d
d'abondance, des enroulements,
fleurs et fruits.

6 — **Rouen.** Belle Console à accrocher, à dé
chrome époque Louis XV, avec médai
tral orné d'un paysage en camaïeu ble

Quelques écornures.

7 — **Rouen.** Petit Médaillon Louis XV, à dé
chrome, avec sujet pastoral rappelan
richesse de ton le décor de la m
colonne de cheminée du Musée cérar
Rouen. Haut., 0m15.

Très-belle conservation.

8 — **Rouen.** Compotier à bords dentelés, d
lychrome ; au centre, un Sujet gal
l'inscription : « En amour et en peint
cherche toujours le trait de la nature

Cette pièce, signée Hilaire 1739, est fe
toute la largeur et agrafée.

9 — **Rouen.** Grand Surtout de milieu de
décor camaïeu bleu Louis XIV. Lon
larg., 0m49.

13 — **Rouen**. Deux Consoles Louis XV à accrocher, décors polychromes ornés de conque[s] marines en relief. Haut., 0m32.

> Quelques restaurations.

Rouen. Grand Plat rond, décor bleu, lambre[quins] au marli ; au centre un double Ecusso[n] surmonté d'une couronne. Diam., 0m55.

> Bel état de conservation.

16 — **Rouen**. Deux grands Plats ronds, déco[r] bleu, lambrequin au marli ; au centre un[e] rosace ; époque Louis XIV. Diam., 0m48 et 0m50

> Légères fêlures aux deux, dont un signé d'un B. 4[?]

Rouen. Très-jolie Bannette à deux anses, époqu[e] Louis XIV, bordure festonnée, décor poly[-] chrome à guirlandes et corbeille de fleurs a[u] centre. Diam., 0m32.

> Fêlures.

Rouen. Grande Table-Guéridon à décor ble[u] rayonnant, époque Louis XIV, de forme carr[é] long, à pans coupés. Long., 0m45 ; larg., 0m3[?]

> Fendu dans toute sa largeur.

[2]0 et 21 — **Rouen**. Trois Compotiers à bor[d] dentelés, décor polychrome à la corne, rema[r-] quables par la vivacité des couleurs.

> Très-bel état de conservation.

4 et 25 — **Rouen.** Deux grands Plats ronds,
bleu à lambrequins au marli, avec rosac
centre, époque Louis XIV. Diam., 0^m50 et
> Fêlure à l'un d'eux.

6 — **Rouen.** Grand Plat rond, décor polychro
guirlande sur le marli et corbeille au ce
Diam., 0^m47.
> Bords usés.

7 — **Rouen.** Deux Cornets ronds côtelés, décor
à lambrequins, époque Louis XIV.
> Fêlures et restauration.

8 — **Rouen.** Aiguière, forme italienne, à anse t
décor bleu, primitif. Haut., 0^m25.
> Petite pièce très-rare.

9 — **Rouen.** Un Cornet époque Louis XIV,
bleu, à pans coupés.
> Fêlure.

0 — **Rouen.** Un petit Surtout de table à piedou
décor bleu, à pans coupés, rosace au centr
> Ecornure.

— **Rouen.** Admirable petit Pot à surprise, f
Médicis, ajouré à sa partie supérieure, à l'
rieur une tige surmontée d'un coq, décor
à lambrequins de la plus grande finesse.
> Ecornure au bec du coq.

— **Rouen**. Salière à pans coupés, décor ble[u]
époque Louis XIV.

— **Rouen**. Très-rare Pièce de la fabrique [de]
Le Vavasseur, vase décoré de deux mufles [de]
lion, portant dans l'origine des anneaux doré[s]
les deux panses sont ornées de paysages av[ec]
oiseaux sur le pied des libules et un déc[or]
marbre sur le col des feuillages bleu et roug[e]
filet d'or sur le col. Haut., 0^m20.

> Pied recollé.

— **Rouen**. Pipe à décor polychrome, composé [d']
col d'un animal fantastique, portant sur [la]
gueule ouverte une femme en costume [de]
jongleur indien, laquelle tient un singe s[ur]
son bras.

38 — **Rouen**. Deux Aiguières forme casque[s]
époque Louis XIV, à décor bleu ; lambrequin[s]

> Ces deux pièces sont restaurées.

— **Rouen**. Grand Pichet, époque Louis XIV, da[té]
1708, décor bleu.

> Restauré.

— **Rouen**. Statuette : Vierge, décor polychrome.

— **Rouen**. Statuette : Sainte Madeleine, décor pol[y]
chrome.

45 — **Rouen.** Aiguière forme italienne, déco[r]
japonais, époque primitive.

Manque l'anse.

46 — **Rouen.** Saucière, décor polychrome, corbe[ille]
centre.

47 — **Rouen.** Douze Assiettes, décor bleu, à [guir]
landes sur le marli. Au centre, un chiffr[e]
surmonté d'une couronne.

Une écornée. Ce lot pourra être divisé.

48 — **Rouen.** Cartel à décor polychrome : Di[ogène]
tenant une lanterne de sa main droite [et un]
esprit familier de la gauche, est à la rec[herche]
d'un homme.

Restauré.

49 — **Rouen.** Pichet, décor polychrome : Polic[hinelle]
et Bacchus assis sur un tonneau.

Écornure.

50 — **Rouen.** Pichet, décor polychrome, genr[e]
Corne.

Manque l'anse, et écornure.

51 et 52 — **Rouen.** Deux Plats ovales, à bords [contour]
nés, décor bleu, lambrequins sur le marl[i,]
motif central.

Fêlures et restauration.

— **Nevers**. Deux Bouteilles, décor bleu à su
chinois.

> Ecornure au goulot.

— **Nevers**. Salière de forme carrée, décor ble
motif chinois.

— **Nevers**. Petite Soucoupe, décor bleu.

t 58 — **Sceaux**. Deux Sucriers oblongs, av
couvercles, plateaux, cuillères, décor po
chrome à bouquets de fleurs au naturel et fil
or.

> Fêlures et morceaux recollés au couvercle.

— **Strasbourg**. Petite Ecuelle à oreilles avec s
plateau, décor de fleurs au naturel, avec i
cription sur le couvercle et dans le platea
Citoyene Lembert.

> Oreille recollée.

— **Nidervillers**. Corbeille ovale avec plateau ajou
décor polychrome de fleurs au naturel.

— **Noron**. Poterie à fond noir, avec reliefs en bla
représentant un Bacchus sur un tonneau, a
inscription sur le devant : Bacu.

— **Noron**. Encrier, décor fond noir, avec sujet
ornements en blanc.

— **Italienne d'Urbino**. Assiette, décor polychro

et 67 — **Delft.** Deux Plats ronds, décor bleu.

et 69 — **Delft.** Deux Plats ronds, fonds à on
saillant, décor bleu.

— **Delft.** Plat rond, décor bleu.
Fêlé.

, 72 et 73 — **Delft.** Trois Assiettes, décor bleu

— **Delft.** Plat rond, décor bleu à sujets Chinoi
Recousu.

et 76 — **Pas-de-Calais.** Deux Assiettes, décor

— **Nevers.** Quarante-six Assiettes patriotique
Ce lot sera divisé.

— **Strasbourg.** Six Assiettes à fleurs de ly
couronne.

— **Strasbourg.** Douze Assiettes patriotiques.

— **Strasbourg.** Six Pots à crèmes, décor de
quets de fleurs au naturel.

— **Strasbourg.** Moutardier avec plateau et
vercle, décor de bouqnets de fleurs au nat

— **Aprey.** Porte-Huilier, décor à bouquet
fleurs au naturel.
Un bout recollé.

— **Grès de Flandre.** Pot à tabac avec couvercl

— **Strasbourg.** Assiette à devise : Charn

- **Biscuit Sèvres.** Un Groupe de deux sujets
  Berger et Bergère.

- **Biscuit Sèvres.** Deux petites Statuettes
  Zéphir et l'Amour.

  Manque un pied.

- **Sèvres** pâte tendre. Jardinière ovale, à bord
  festonnés, décor polychrome à bouquets d
  fleurs au naturel sur fond blanc, marque I
  1769.

  Ecornure et fêlure.

- **Sèvres** pâte tendre en blanc. Deux Jardinière
  même modèle que la précédente.

  Coups de feu et fêlures.

- **Japon.** Plat rond, décor de fleurs rouges, bleue
  vertes et or.

- **Japon.** Plat creux, décor de fleurs rouges et
- **Japon.** Plat creux, décor de fleurs avec dorure

  Restauré.

- **Japon.** Plat à barbe, décor vase de fleurs av
  dorure.

- **Chine.** Quatre Assiettes, décor de fleurs de
  famille rose.

a bouquets de fleurs polychrome.

0 — **Inde.** Douze Assiettes idem, même décor.

1 — **Inde.** Quatre Assiettes, même décor, reillées.

Fêlures.

2 — **Chine.** Six Tasses et quatre Soucoupes reillées.

Ebréchures et fêlures.

3, 104, 105 — **Chine.** Une Théière, un Sucrier Boîte à thé, décor de fleurs polychromes.

6 — **Inde.** Petite Théière, décor à bouquets de polychrome.

7 — **Chine.** Bol avec Soucoupe, décor polych sujets mandarins et inscriptions chinois

7 A — **Porcelaine de Roche, à Paris.** Ta Soucoupe aux armes de la ville de R d'après les dessins de E.-H. Langlois, pour la duchesse de Berry et lui ayant dans un déjeuner que lui offrit la ville en

7 B — **Sèvres** pâte dure 1812. Coupe à anse plateau, décor de fleurs au naturel sur fo

----

VERRERIE

détachés.

t 117 — **Verrerie moderne.** Deux petits Flaco
avec leurs bouchons en verre taillé, ornés
pourtour de cabochons bleus, encastrés da
une monture en argent gravé.

OBJETS DIVERS

— Une grosse Montre en cuivre gravé et do
avec l'initiale de Napoléon Ier; cadran à c
touches, et datée Aspern 1809.

— Une Sonnette époque Louis XV en argent, c
trôlée au Vieux-Paris.

— Un Médaillon en bronze représentant le port
de E.-H. Langlois, du Pont-de-l'Arche, exéc
par David d'Angers en 1835 et dédié à son
Langlois.

— Miniature sur ivoire, représentant la Républi

— Tabatière ronde en buis, garnie en or.

— Médaillon rond en ivoire, représentant Louis X
Marie-Antoinette et le Dauphin.

— Bonbonnière en écaille, cerclée en or; sur le c

devisant sur un banc.

———

ARMES

— Curieux Poitrinal à rouet, du XVIe siècle; can[on]
et platine en fer finement ciselé, orné d'a[ra]
besques et personnages du temps; dans le fo[nd]
des arabesques existent des traces de doru[re].
Le bois est incrusté d'ivoire, représentant [des]
sujets de chasse et des personnages; sur [le]
pommeau, un beau mufle de lion en bro[nze]
ciselé et doré.

— Une paire de Pistolets de la même époque; mo[n]
ture et canon en fer ciselé, décoré d'a[ra]
besques et d'enroulements dans le goût as[ia]
tique.

— Couteau de chasse, époque Louis XIV; manc[he]
ivoire avec ornements en argent aux arm[es]
de France.

— Epée Louis XVI, avec garde d'argent; la[me]
triangulaire gravée.

— Couteau chasse persan, avec stylet, et orneme[nts]
d'argent.

— Plusieurs paires de Pistolets de la Révolution

l'époque Louis XIV, représentant les Quatr
Saisons. Haut., sans les socles, 0ᵐ14.

Christ en ivoire.

Huit Médaillons en cuivre estampé, doré et fini
la gouache; ces médaillons représentent de
monuments et des paysages du siècle dernier
   Ce lot sera divisé.

— Un Camée représentant le Triomphe d'Am
phytrite.

Une Console Louis XIV, à quatre pieds peints e
blanc, garnie de son marbre.

Une Console Louis XV, à quatre pieds peints e
blanc, garnie de son marbre.

Huit Bois de Fauteuils Louis XVI, à médaillon
plus ou moins avariés.

Six Chaises Louis XIV, cannées, peintes e
blanc.

Cinq Fauteuils Louis XV, idem, peints en blanc

BRONZES DE L'INDO-CHINE

Vichnou, divinité du Feu, dans une de ses nom
breuses incarnations, représenté au milie
des flammes avec le Serpent crotale au br

portée processionnellement dans les c
nies du culte. Haut., 0^m57.

Ces deux bronzes, très-remarquables, on
aux diverses Expositions rétrospectives de
de Rouen.

_A la suite de la vacation, il sera vendu des
Médailles et Monnaies d'or et d'argent non cata

RED. :

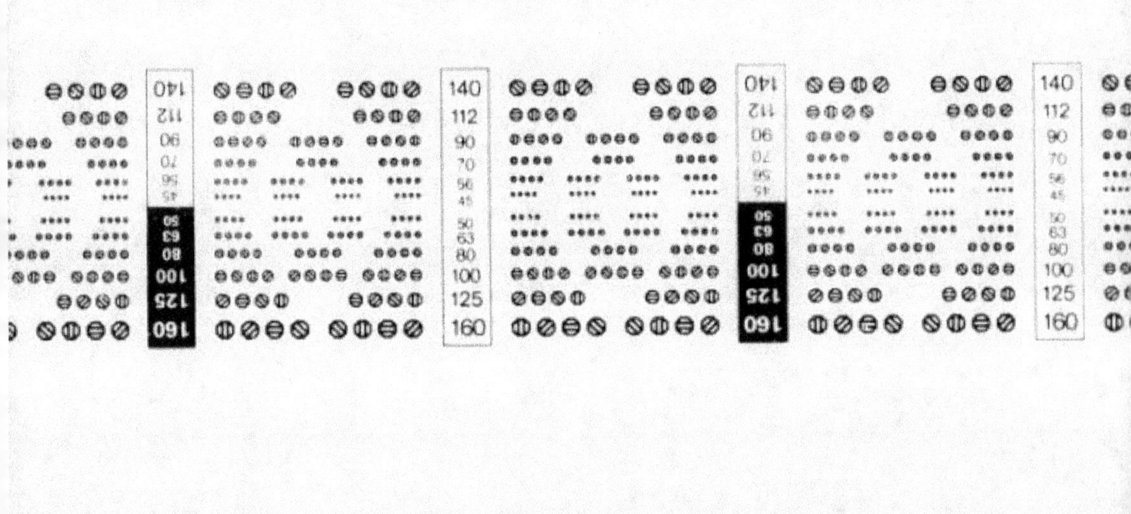